つたえたくて

田沼貴裕

TANUMA Takahiro

文芸社

目次

つたえたくて

感　謝

たくさんの想いは
　とどかない
ひとつの想いなら
　とどくよね
さみしいけれど
「ありがとう」だけ
　とどくといいな

さすさす

さすさす　さす
冷えたお腹《なか》をさすさすしてあげたい。
でも君は言うの。
パンチするよ。
かわしてさすさすしてあげたい。
でも君はたたみかけるの。
顔　パンパンにするよ。

まてまてえーい。
ぼくは真剣を扱うように真剣なんだ。

君のパンチのひとつやふたつ、
かわしてさすさすしてあげたい。

それなのに君は、
間に合ってますと言わんばかりに
じゃーねと言って手を上げて
きびすを返し去って行く。

とどかないさすさす。
気が付けば自分をさすさすする始末。
天を仰げば雪　または雨……
ぼくは静かに刀を収める。

また　次の機会に。

あなただけ

あなたのその腕
あなたのその胸
抱きしめてあげられるのは
あなただけ。

他の誰か
いるわけない。

あなただけ

あなただけ
抱きしめてあげられるのは
あなただけ。

どうか　抱きしめてあげて。

東京の思い出　リンゴ

かっちゃった　かっちゃった
リンゴみっつをかっちゃった
お金がないのにかっちゃった

わあすごい
皮をむけば　ぼくだけの太陽
なんと蜜の多いこと

たべちゃった　たべちゃった
リンゴみっつをたべちゃった

お金がないのにたべちゃった

なんだか勇気がわいてきて
ぼくはひとり　立ち上がり
くるりくるりとうたいだす

愛する人はどこ?
ぼくの愛する人はどこ?
お金はないけどね
リンゴもないけどね
ほらみてよ
ぼくのおなか
こんなにもかがやいているんだよ

さあおいで
愛する人よ
とびこんでおいで！
そしてぼくといっしょに
くるくるまわろうね
リンゴの皮を
むくみたいにね！

万年筆

下りのホーム、
思いきってお願いした。
万年筆がほしいと。

そのペン先が今、
君への素直な想いを描きだし、
僕の心をふるわせる。
僕は知らなかったよ、
こんなにも君を想っているなんて。
あの時僕は、

思いきってお願いしたんだね。
君がほしいと。
君は気付いていなかったよね。
僕も気付いていなかったから。

世界はひろいんだ。
こんなにも　こーんなにも。
それでもこのペン先でなら、
宇宙の大きさだって、
測れそうな気がするよ。

すくわれて

「ゆっくりで
　いいんだよ
　　ゆっくりで」

この言葉にすくわれて
今の僕があるんです。

まだまだ頼りなく
おこられたり
わらわれたり

はずかしい思いばかりするけれど、
君にだけ
ただ君にだけは
歩いてる姿を見てもらいたい。

歩き方をおしえてくれた
君にだけは。

うたうきみ

いちごをそだてること。
それはうたをならうこととおなじだよ。
だっていちごのほっぺをしたきみが
上手にうたをうたうから。

心臓の音

休むためだけの家なんて、
ぼくには必要ない。

目をつぶっても眩しくて、
どうせ休めやしないから。

この心臓の音は、
確かな夢の音。

儚い夢の音とは

もう言わせないよ。

川

こんなに川が光るから
　こんなに川が光るから

君は待っているのかな？
　君のうたを持つものを

時の流れはうつくしく
　こんなに川が光るから

一輪の花

こぶたさんの庭に　一輪の花がさきました。

こぶたさんはうれしくて　うれしくて
しばらくうごけませんでした。
そして　朝日がのぼってくると
こぶたさんは走りだしました。
かりんちゃんのもとへと
まっすぐに走りだしました。
これほどかがやく　こぶた色を
だれも見たことはありません。

こぶたさんはわかっているんです。
いいえ、
こぶたさんだけじゃない。
かりんちゃんを見守る大きな空も、
かりんちゃんをささえてくれる広い大地も、
すごしてきた時間の中で
かりんちゃんがこぼしてしまった涙たちも、
そして、
りょうでを広げてまっている
かりんちゃんのあかるい未来も、
みんなみんな
わかっているんです。
おもっているんです。

はじめてさいた花だから
こんなにきれいな花だから
きっとかりんちゃんににあうはず！

かりんちゃんは世界にひとりだけだよ。

イェイ

ん!?　風鈴の音がする
風!?　吹いてるのかな

あ!!　かりんちゃんの声だったの!!
え!!　あそびにきてくれたの!!

うれしいな
たのしいな
ちいさく　イェイ!!

尊い眺め

夜空に広がる星々や、
地上に広がる家庭の灯り。

多くを照らすわけでもなく、
多くを求めるわけでもない。

だからこそ、
こんなにも綺麗に見えるのかな。

夜に収まる、

尊い眺めだね。

きかせて

かっこつけて
つよがって
その伸びゆく声を
殺さないでね。
自分自身を
縛らないでね。
誰も知らない

誰も選べない
新しい選択肢
その伸びゆく声は

あなたの中に
あるんだよ。

かみさまのうた

わたしはとびちるの
わたしはかみさまのうただから

うれしさあまってすみません
わたしはいきとしいけるもの
すべてのこころをえらびます

わたしはかみさまの　うただから
わたしはかみさまの　うただから

ひかりとばか

ひかりのなかに
うそはない。
ばかのなかにも
うそはない。

笑ったり
泣いたり
やっぱりきみが

大好きなんだ。

あかとんぼ

あかとんぼ
朝にとまれば
あさとんぼ

肩にとまれば
かたとんぼ

くすぐったいよ
あかいいいろ

きみはやっぱり
あかとんぼ

たいせつな
ぼくのともだち

月

つるんとしている月でなく
でこぼこしている月だから
あたりまえのことなんて
ひとつもないことときづけたよ

いたいおもいをしながらも
あつい　おもいをしながらも
そばにいてくれたんだもの

そしてこれからも

かわらずに

ぬくもり

あなたの作品の一つひとつに触れた時、
日々の想いを書き綴った
あなたの日記に触れているようでした。

たのしい時にわらい、
かなしい時にも
泣かないためにわらっていたのでしょう。

大好きなみんなのことを
気持ち良く迎え入れるために。

わたしはそう感じました。
あなたの家いっぱいに広がる
あなたの手のぬくもりに
あたためられながら。

またいつの日か
新しい作品、見せてくださいね。

ふたりの天使

ひとりでは
しることができなかったよ。

おいかけっこのたのしさや
わらいころがることのきもちよさ。

おしえてくれたのは
せかいをひろげてゆく　ふたりの天使。

ぼくにもまけないくらいに

かみさまもりょうてをあげて
よろこんでくれている。

もっといろんなあそび
おしえてほしいな。

君がいてくれる

君は言った。
月が消えると、
わたしも消えるって。

僕は言った。
見えないものを見るのが、
詩人だよって。

でもほんとうは、
消えてしまいそうな僕を

君が見ていてくれた。

僕がさみしくないように
たくさんの声をとどけてくれた。

星の見えない夜には
たくさんの星をふりまいてくれた。

僕はその声のひとつひとつを
詩っていく。

僕はその星のひとつひとつを
詩っていく。

君のやさしさを
たくさんの人にとどけるために。
君がいてくれるから
僕は輝いていけるんだ。

チョコココロネ

もう五時だ
やばい　やばい
チョココロネ
買いに行かなきゃ
チョココロネ
早く食べたい
チョココロネ

ざくり　ざくり
積る雪を踏みしめて

急ぐ時こそ
慎重に。

ほらあった
これだ　これだ
チョココロネ
無事に買えたよ
チョココロネ
早く帰ろう
チョココロネ

ざくり　ざくり
積る雪を踏みしめて
急ぐ時こそ

慎重に。

この味だ
うまい　うまい
チョココロネ
頬も落ちそな
チョココロネ
百円だったよ
チョココロネ
ペロリと食べて
ペコリとおじぎ

やっぱいつの時代にも
チョココロネだね。

すてきなねずみ

ねずみは
いいね！
すてきだね！

たとえふられても
「チュー」
と鳴けるから。

ねずみは
いいね！

すてきだね！

ぼくには真似

できないよ。

報告

気後れなんてしない。
どこへでも入っていける。
この手に、君の手を感じるだけで、
僕はどこへでも入っていけるんだ。

西口　二十四階
恋人達ばかりの
（いやいやいや、多い！）
展望ロビーにだって、
君の手を感じるだけで、堂々と。

綸

いっしょがいっぱい
いっしょがいっぱい
いっぱい
いっぱい
あるんだよ

きみとぼくの
印《しるし》となるところ
いっぱい
いっぱい

あるんだよ
ふたりでいっしょに
繋いでいけたら
うれしいな

動物園

にちようびにおでかけするの？

いいえ。
小雨とはいいえ
すでにかけだしたふたり
それはもう
ちょうちょのように
ひらひらと。
そういうわけで
まつことなんて

できません。

はやくはやくと
おいでおいでしてる、
ぼくらのまちの
動物園。

おそろいのおみやげも
かいましょうね。

ちいさな天使

わらったきみの　顔が好き
わらったきみの　声も好き

右も左も
わからないぼくだけど

太陽を鳴らす　きみが好き

天使の才能

光が君を求めて差し込めば、
君は光を七色《なないろ》に表現して見せてくれる。
そこにいる君に、プリズムのような君に、
僕もグッと惹かれてる。
君はすごい！
本当にすごい！

ふるさと

ほつれた糸を抜く時は、
　気持ちよさのその中に
ぽっちりさみしさ　感じるよ。

勝手知ったる街道を　車で走る時も、
　気持ちよさのその中に
ぽっちりさみしさ　感じるよ。

いつも仲良し
となりにちゃーちゃん乗せて

よく走った道だもの。

紫陽花

紫陽花に
かたつむり
僕の瞳に
君の素顔
君が君らしく
いられるといいな

ひたむきに

できるできないじゃない
向き合うことの大切さ。

ひたむきなおまえ自身を
神さまは愛してくださるよ。

たとえ書けなくても
向き合っていきましょ。

本来の価値は

おまえ自身にあるんだから。

秋時雨

最近のカップ焼きそばはデカイ。
デカイならしょーがない。

足りないお湯をそのままに、
三分間はまったなし。

「負けないぞ」
なんて、
わびさびの欠片もない言葉、
そんな言葉は飲み込んで、

秋時雨の
静けさの中に
身を揺らす。

足りないお湯に意味はあり、
ゆえに被害は甚大だが。

魔　法

人生、それぞれの魔法を使って
　最良を生きてゆこうとするならば

キミにとっての魔法として
　ボクを使ってほしいけど

キミはカラスを追って
　走りだしてしまったよ

いやいやいや

帰ってくるとは思うけど……

まてまてまて
意外と遠くまで行くんだな

ヒバリ鳴く門が
もうすぐ閉まるというのにな

ボクにとっての魔法として
いつまでも待ってはいるけれど

感動的

「たのしかったね」

この一言は、
神様の発明ですか？

だって神様のウィンクのような
生きた輝きをもっているんだもん。

木漏れ日

頬にふれるは
君のほほえみ
優しい特別

このまま
よわいまま

君だけを
感じていたい

ちいさな芽

ちいさな芽　生まれてきたよ！
きもちよさそうに　両腕を上げながら。

ぼくは忘れちゃったけど、
生まれてくるって
きもちがいいことなんだね。

空にも届きそうなほどに！

富士に寄せて

ぼくはなりたいな
かわいい君の
富士山に

こたつの上には
断片の山
それでも富士に負けないほどの
広い裾野をもっているから

眠い目こすって

ペンを握って
いつかはぼくも
なりたいな

かわいい君の
富士山に

もういちど

ぼくの手
差しだしたままの
ぼくの手

おわりがこわいわけじゃなく
もどりたいわけでもない

君が好きだから
君が好きだから
下ろすことができなくて

差しだしたままの
ぼくの手
もういちど　握ってほしくて

いい街

生まれ育った街は
いいもんだ。

言葉を探しに行くのでも、
心はスキップ、
花を摘みに行くように、
一歩を踏み出すことが
できるから。

いいお湯

手放しでとろける
温泉のきもちよさ

日本中をめぐって
「いいお湯ですねぇ」
と言ってみたい

地元のお湯にとろけすぎて
叶いそうにないけれど

寄り道

おやまあ、
君は何処からやって来たのか。
清白の獅子に跨がって、
さらりと普段着、着こなして。

おやまあ、
君は何処へと帰ってゆくのか。
さよならしないと、こんにちはできない、
それはわかっているけれど、
もっとお話ししたかった……

姿の詩《うた》

やがてやってくる　あこがれよ
しんぱいするなよ　あこがれよ
ひろげたいってん　しめされた
この身はみせるよ　くずおれず

大きな翼　秘めた想い
これもひとつの命だと
あらわになるのが
よろこびだ

わがまま

わがままには、
わがままで返してください。

おこることもなく、
ゆるすこともなく。

わがままもりっぱな
体温の一部だから。

「ぺ」

「ぺ」

――わけわかめ

「ぺ」

――わけわかめ

人は一を聞いて十を知る。
そう思って生きてきた。
でもその一が伝えられない。
返ってくる言葉は、

――わけわかめ

僕は一を聞いて十を知る。

つっぷして泣きじゃくりたいほどに。

雪国　着

新幹線
降りた瞬間
凍りつき

改札を
出た瞬間に
思い出す

みんなで食べた
鍋いっぱいの

君のすいとん

本当においしくて
本当にたのしくて
おかわり何杯
したっけな

またみんなで
おいしく
たのしく
食べたいな

ふるえるキッス

めっ　めっ
死んだように眠っても
眠ったように死んじゃだめっ

銀河で遊ぶ二人に
こわいものなんてないんだからねっ

この上ない喜び
ふるえるキッスに
どうぞ思い出しなさいめっ

けつえき

この地に立つならば
言葉は血液
体中をめぐるの

そしてそのままに
あなたの雰囲気になってゆく

ラブレターよりも
確かなものに

ともに幸あれ

興奮すると、
心臓を投げつけてしまう。
これがすべて、
小さな生物にとっては。

流星群が見えると聞いて、
人知れずさまよい歩く。
これがすべて、
居場所のない私にとっては。

幸橋

ひらきかけた唇に
ゆっくりと日が暮れてゆく

きみはぼくのたからもの
たったひとつのたからもの

ただそれだけを
つたえたくて

表　現

かざぐるまがまわってる
やわらかい風をうけて
はずかしさのようなうれしさで

根っこ

日付をめくるより、
一枚の原稿用紙に想いを込める。

地中のあたたかさを知りながら、
不安や疑い、
恐怖さえも糧にして、
今は根っこを伸ばすとき。

日付をめくるより、
一枚の原稿用紙を。

フムフム

袖についたインク、
ブルーブラック。
洗濯機で洗ったら、
ブラックが落ちて、
ブルーが残った。

深さは広がりを必要としないが、
広がりは深さを必要としているみたいだ。

フムフム。

愛情

おむすびをにぎる人の
ふっくらとした愛情は、
惜しげもなく
ぼくたちを育ててくれる。

まるで
のぼる朝日のように。

無題

言葉を
重ねるように
詩を書いてゆきたい

遠く
離れてみればこそ

ふたつとない

つめたい風に
頬を染めるように
君のカレーを
夢見てしまう。
ふたつとない
エピソードになるまで。

君からもらう言葉

君からもらう言葉は
野に咲く花以上に
僕を豊かにしてくれる

それは君の心が
育ててくれた花だから

駅ビル

それはそれは、
ちいさな
女の子。

「いらっしゃいませ！」
「いらっしゃいませ！」

からだよりもおっきな花火を
打ち上げながら、
ポチポチ、

ポチポチ、
たのしそうに
あるいてる。

今日は駅ビルで
おかいもの。
いろんなお店がならんでて、
あるくだけでも
たのしいね。

ひだまり

自然とみながあつまる、
ひだまりのような食卓。
いつかの狸の隣に、
僕がちょこんと座っていても
おどろかないでね。
僕等は仲良くなったんだ。
同じ雪どけの道を
歩いてきたからね。
目に眩しい
雪どけの道を。

今もちょうど話していたところ。
ここは本当にあたたかいねって。
もうブランケットがなくても
さむくないね。
こわくないね。

自然とみながあつまる、
ひだまりのような君の心。
ぽかぽかと気持ちがいいな。

紙ひこうき

詩を書いて
エイッ！　と
紙ひこうきにして飛ばしたい。

誰かの頭に
コツンッ！　と
当たったらしらんぷりをするけれど、

もしも広げて　読んでくれたなら、
ぼくはとびはね、

あいさつをしにいかなくちゃ。
おこられるなんて
これっぽっちも思わずに。

虹を渡って

虹が出た！
うれしいな
走って行こう

あの日の「またね」
また君に会えるかな

雨あがり
青い空にかかる
虹を渡って

お花

お花のきもちがわかりますか
花びらがひらくときの
お花のきもちがわかりますか
私はあなたの名前を呼ぶときに
ちょうどそんなきもちです

著者プロフィール

田沼 貴裕（たぬま たかひろ）

誕生日：10月5日
血液型：A型
趣　味：さんぽ
著　書：『真っ赤な心』（文芸社・2008年）

つたえたくて

2025年1月15日　初版第1刷発行

著　者　田沼 貴裕
発行者　瓜谷 綱延
発行所　株式会社文芸社
〒160-0022　東京都新宿区新宿1－10－1
電話　03-5369-3060（代表）
03-5369-2299（販売）

印刷所　株式会社フクイン

ISBN978-4-286-26129-4